カタカナノキモチ
ひらがなのこころ

睦月　祥
Mutsuki Sho

文芸社

カタカナノキモチ　ひらがなのこころ

アオクサイ

ふる里の春は
かぜの匂いも
アオクサイ

カンタンじゃない
でも追いたいんだ
夢を――
アオクサイ

ワタシはここで
待っている

それしか言えない
アオクサイ

二人の
アオクサイ
みどりのかぜが巻き上げて
雲の切れ間の
光を受けて
うすくかがやく
きらきらキラキラ

アオクサイ

ゆれていたい

いつかは海の果てまでも
ゆれて流れる　波のように
小さな岩陰から
そっとすくえる　波のように
冷たさの中の
言い知れぬ清々《すがすが》しさを感じられる
波のように
私はいつも
ゆれていたい

トモダチ

わたしから二つを引き出すために
あなたは一つを提供する
トモダチ――って言ったじゃない
失うものが多いのは
ドッチ

ぶらんこ

誰もいない公園の
ぶらんこに腰かけて

あなたを
いちばん好きなのは私
だなんて　つぶやいて
ぶらんこをこぐ

あなたにしてみれば
びっくり箱のおどろき
だと思う

だから　このまま
友だちの一人
だということで
というわけにもいかず
大きくぶらんこをこいで
額に受ける夜風を
いっぱいいいっぱい作っている

トリニイケ

あんな父
あんな母
あんな人達
だから
こんな俺

人生はマラソンだという
給水所は
人それぞれだ
お前は
お前のマラソンコースを走っている

昼と夜が逆転の日々
それでも
今　走っているのだ
それに気がついていないから
給水できることを知らない
だから他人《ひと》のせい
給水のチャンスがあることに気づけ

トリニイケ
そこにある
手を伸ばせ
次もある
トリニイケ
また走るのだ

変わるチャンスをつかめ

あんな父が
あの父に
あんな母が
あの母に
あんな人達が
あの人達になる

そして
こんな俺は
この俺に
そうだ
何かを成し遂げる

この俺に
なるのだ

ふと

誰か　そばにいる
ふと　おもう

大きな肩に守られて
私の甘さを見抜く眼に叱られた
笑顔に支えられて
力強いことばに励まされた
だからここまできた
そう　おもう

山のどの辺りだろうか

昨日までいた場所を見下ろす
登ってくる人々が見える
隣の山を登る人もいる
同じ足跡はない
突然　私にだけ
雨がふる
やがて
光射すときがくる
そんなものかも知れない
生きるとは
ふと　おもう

誰か　そばにいる
こころの内に　いつも

スタートライン

ここに立つ者は
向かうべき先を見据える

ここに立つ者は
己のコースを走る

ここに立つ者は
支えてくれた人を忘れない

ここに立つ者は
向かい風でも走る

ここに立つ者は
転んでもオキアガルと決めている

それよりもっと

いい子である
と言おう

それより
好き
と伝えよう
お前が好き
と伝えよう

お前の存在が
私は嬉しい

と
もっともっと
伝えよう

ア・リトル

半歩でも
僕が前を歩けば
その手を引く
ア・リトル

汗ばむ午後は
扇いで風を送る
ア・リトル

冷え込む夜は
コーヒーに

砂糖を入れる
ア・リトル
君の好みの分量
ア・リトル

いつも
精一杯の
ア・リトル

たとえば

たとえば
こう　大きく息を吸ってみる
そうして
まぶたを閉じてごらん
その先は見えないけれど
感じる光は温かい
見守ってくれるものは
ほんとは　いつもある

たとえば
こう　大きく背伸びをしてみる

そのまま
つま先で立ってごらん
あの頃のように
心は雲の上まで昇っていく
取り戻せるものは
ほんとは　消えていない

たとえば
こう　大きく手を振ってみる
そうして
微笑んでごらん
笑顔が返ってくる
応えてくれるものは
案外　身近にある

だから
深く息を吸ってみる
そうして
片足を踏み出してごらん
想ったより怖くないはず
勇気が要るのは
ほんとは　始め

たしかに
独りでは
胸を張っても
くじけそうなときもあるね
けれど　忘れないで

見守ってくれるものは
いつもある
忘れないで
陽の光を――

メルヘン

小高い丘の麓に
一輪の野菊が咲いているという
行ってみたいと
私は想う
小高い丘の麓で
野菊は朝露を貯めているという
一粒手にしたいと
私は想う
小高い丘の麓で
野菊が貯めた朝露は
いつしか池になったという

そして
静かな池の面は
風を待っているという
風になれない私の想いを
誰か運んでほしい
熱い吐息を
ハコンデホシイ

ひとめぼれ

視線の交差
たちまちに

逢える
逢えない
花占い

そして
再会
はしなくも

君に焦がれる
ひたすらに
おそらくずうっと
ひたすらに

サヨナラモカケナイ

ラベンダー色の日記帳
表紙に白いレース

一ページ目
初夏の爽やかさに彩られて
あなたに出逢う

二ページ目から
あなたを知る
好きな香り
うなずき方

苦手な食べ物
めがねの置き場所
髪の乾かし方
・・・
あなたを知るほどに
幸せな私と書いてある

いつからか
彼女という名が登場し
幸せなのに
不安な私がそこに居る

昼はまだ暑いのに
日暮れと共に

肌寒くなるそんな夜
私は綴っていた
彼女はオニアイ
私よりオニアイ
二人はオニアイ
ナカヨクネ

灰色の雲
月は出たり隠れたり

ナカヨクネ
ホントウじゃないけど
ウソじゃない
ウソじゃないけど

ホントウじゃない
何度書いても
ホントウにならない

夜は更けて
月は隠れたままになる
二ページ飛ばして
真ん中に
ラベンダー畑の真ん中に
一行　記す

サヨナラモカケナイ

せつなさ

辛いのは
悲しいことではなく
嬉しいこと
あなたに会えると
嬉しいこと

しかたがないのは
嫌いになれないこと
この胸のやるせなさ
好きなこと
どうしようもなく

好きなこと

ペディキュア

鳴るはずのないケータイ
時間を気にして待っている
いつもの時間に間に合うように
ペディキュアもぬりかえて

あの場所で待っていようか
そんな事を考えて
嫌われたらどうしよう
本気でそんな事を考える
キラワレテシマッタノニ

いつもの時間を
膝を抱えて過ごすとき
部屋中が海の底に沈む
身動きもせず
膝を抱えて過ごすとき
鮮やかなペディキュアの色は
ただ破局《おわり》だけを知らせる

おもいでたち

おもいでたち
あんよは上手
ここまでおいで
ほほえんで

晴れた日の庭先
母親の顔だけ見つめて
さあ　おいで

かすり傷は
そのうち治るから

誰もがそうやって
歩くことを覚えたのだから
さあ　おいで

あの日
悲しみに染まったお前も
セピア色のロマンに変わって
近づいてくる
あと　一歩

あんよは上手
おもいでたち
おもいでたち

アイタイ

物わかりの良い娘《こ》って
こんな場合　関係ないよ
無理なことは
わかっているんだから
だけど10回言わせてよ

アイタイ　アイタイ
アイタイ　アイタイ
アイタイ　アイタイ
アイタイ　アイタイ
アイタイ　アイタイ

心のメール　送信
手元のメール　保存

今夜のわがまま
おさまりました

いろ

似合うから好きなのと
好きだから似合うのは
引き合う磁石の両極と
言われなくても
うなずけるけれど
何より不思議なことは
すこし悲しくて
似合うから染まりたくない
いろがあること

アルバム

寂しいときは想い出しているよ
天使が舞い降りた日のこと
いとおしくて重たい命

うんと悲しいときは
初めてのアルバムを開くよ

眠りながら笑っているよ
ハイハイしたよ
歩いたよ
初めての靴は白だったね

思い切り髪を短く切ったよ
顔より大きいスイカを食べているよ
幼稚園バスはミルク色だったよ
一緒に遠足に行ったね
歯が欠けている笑顔だよ

ランドセル姿は
少し緊張していたから
大丈夫と声をかけたね
帰ってくるまで
ちょっぴり心配だったよ
楽しそうに通い始めたね

カメラが写す　仕草・表情
それを見て幸せだと思うキモチ
いっぱいいいっぱい写っているよ
アルバムには
その時の私のキモチが写っているよ

たいせつなひと

きみ
たいせつなひと
きみを守りたいと
手をつなぐ
家族
たいせつなひと

きみの力になりたいと
手を差し出す
友人

たいせつなひと

きみ
何と言っても
きみ
たいせつなひと

きみは
きみをたいせつにしてほしい

アノヒアノトキ

アノヒアノトキ
その涙に気付かなければ
手を差し出す勇気を
私は持てないままでいたでしょう

アノヒアノトキ
その微笑みに出逢わなければ
守るという言葉の重みを
私は知らずにいたでしょう

アノヒアノトキ

ありがとうを聞かなければ
私の中のやさしさに
私は気付かないままでいたでしょう

それならそれでいいと思うほど
悲しみは深いのに
それでも　なお
生きる希望のあることの
不可思議さの中で
今夜も思う
アノヒアノトキ
あの光景を目にしなければ
こんなに眠れない夜を
過ごすことはないでしょう

りんご

真っ赤なりんご
かじりつく息子　四歳
よだれのように
汁がこぼれる
父と母は目を細める
〝いいねえ〟
〝いいんじゃない〟

メモ

胸の奥に
沢山の懐《おも》いがあるのに
文字は
トギレトギレ
書くことは救いなのに
それは変わらないけれど
書くことは　また
悩むことでもあるようです

かくれんぼ

きっと見つけてくれるはず
かくれんぼ

夕暮れどきはとうに過ぎ
友だちみんな帰って行った
母ちゃん来たから帰って行った

一人ここで待っている
ご飯ができたと呼びに来る
母ちゃんが呼びに来る

探しに来るよね
かくれんぼ
見つけてくれるよね
母ちゃん

ダケド

冷たくしないでね
ダケド
あまりやさしくしないでね
他の人なら逃げ出すけれど
あなたからは逃げられない
いつまでもこのまま
なんて
あなたを困らせてしまう
だから
そんなにやさしくしないでね
ダケドお願い

冷たくしないでね
振り子のように
ダケド
ダケド
振れている

おまじない

泣かない　泣かない
強い子だもの
痛いの痛いの飛んでいけ！
ほら　もう痛くない

幼い頃に言われたから
傷を作るたび
おまじないをくり返す
痛いの痛いの飛んでいけ！

泣いていいよ

痛みが消えるまで
泣いていいよ
母子のそんな光景を見た
春の公園
私は大人に近かった

〝痛いの痛いの飛んでいけ〟
傷口を見つめて
やっぱり私のおまじない
〝痛いの痛いの飛んでいけ〟
あの日以来
少し泣きながら

メモリー

憶えていますか
あの頃のこと
押さえきれないものがありました
胸のときめき
貴方の瞳
貴方の声
貴方の笑顔

伝えきれないものがありました
胸のときめき
私の夢

私の悩み
私について

時が経てば
忘れることが多いのに
時と共に
こんなに思いがふくらむなんて

一度だけ
偶然に触れた貴方の手
壊れる程の心臓の音
あの日の鼓動で
三千回の今日を迎えています

憶えていますか
あの頃のこと
伝えきれないものがありました
ありがとうの思いを
祈りに代えて結びます
十月の貴方に
素敵なことがありますように
素敵なことが
アリマスヨウニ

しあわせなときほど

心の豊かさを持ちたい
まわりが見えなくなるのではなく
まわりに手を差し伸べたくなるような
そんな　しあわせの感じ方をしたい

アロハ

南の島に咲いた花
アロハ
という愛

二人の浜辺
足跡さえも恋模様
ずっと続くと思ってた

二人の肩が
離れたあの日
足跡を消した

アロハ
という波

さよならより
せつなく響く
口にするなら
アロハ

私の涙は熱い

ありたい

やさしく
美しく
ありたい
言葉も
仕草も

深く
美しく
ありたい
思いも
望みも

ひたむきで
ありたい
つまずいても
泥にまみれても
君が見せる
笑顔のように
涙のように

生きることの
まんなかで
美しく
ありたい

ピアニッシモ

大きな声は出せないけれど
小さな声は発したよ
ピアニッシモ
大事な音だよ
ピアニッシモ

黒ぬりした悲しみ
心に沈めた辛さ
両手で潰した悔しさ
でも　無くならない
無くならないから発したよ

精一杯の
ピアニッシモ
誰かに届け
僕の声

すこおし

この頃
無邪気に笑うことが
すこおし苦しい
胸の奥に黒い塊ができて
いつだって
そのことを忘れることができないから
すこおし苦しい
本当におかしくないから
すこおし苦しい
でも誰か言いました

「おかしいから笑うのではなく
笑うからおかしいのだ」と

ワガママ

ワタシの中の
ワガママが
キモチの真ん中に座っている
ワタシの中の
ソノタは
それをジッと見ている
夜が更けて
ワガママは
取り残されていると感じる
ソノタと
手を繋ぎたいと思い始める

こだま

おーいと叫ぶ
おーいと山がこだまする
他の誰かではない
他の誰でもないこの声が
誰かの声に聞こえてくる
何度呼んでも
応えてくれる
なぜか
独りではないと思う

ドンマイ

誰にだってある
失敗の一つや二つ
ドンマイ！
三つや四つや五つや六つ・・・
ドンマイ！
トレーニングしよう
日々の積み重ね
基礎は力
知力・体力
トレーニングでつくる
再び走り出そう

石ころにつまずいたとき
大地は言うだろう
ドンマイ!
転んで泥だらけになったとき
雨は言うだろう
ドンマイ!
立ち止まって日が暮れて
闇の中に一人でも
今度は
君が君に言うだろう
ドンマイ!!

そこから

僕の心の中には
落とし穴がある
かぶせてある枯葉に触れながら
口笛吹いて渡っていく

僕は一度
落ちてみようと思う
眩しすぎて見えないものに気づくのは
暗闇の中だから
心の地底《ちか》に
僕を求める声は届かない

僕が応える言葉も要らない
初めに見える光が何であるか
瞳を凝らしてはいけない
じっと待っていよう

最後に行き着く場所が
地底ではなく天空《そら》だとすれば
再び
そこから始まる

アンダンテ

友と過ごした日々
いろいろな歩みを知る

歩幅が大きく
堂々と歩く者
蛇行して
いろいろな物を見つける者
初めの速度は早いが
途中休憩する者
手ぶらで歩き
そこかしこに救いを求める者

アンダンテ
焦らずに進めばいい
君は君
アンダンテ

いつかまた

海を見たい
少年が見た海を

父と母と手をつないだ
あの砂浜に立ちたい
妹とはしゃいだ
あの波を受けたい
振り向けば
祖母は
いつも目を細めていた

一人逝き
二人逝き
淋しくなった
海は
あの頃と同じだろうか

いつかまた
海を見たい
あたり前の青でいい
少年の日に見た
海を見たい

マケナイ

カツために闘っているわけじゃない
カツために急いでいるわけじゃない
あきらめない
マケナイ

後戻りは別の道を歩くため
マケたわけじゃない
引き返すにもいくらかの勇気がいる

ひと休みは力を取り戻すため
マケたわけじゃない

疲れたときは休むだけ
マケナイために
ただ
マケナイ

いくつものこれまで

これまでの出逢い
これまでの
感動　笑い

これまでの別れ
これまでの
悲しみ　涙

心の中
急速に雲が割れ
陽が射した

重ねなければ見えなかった
わからなかった
辿り着けなかった

いくつものこれまで

ノンストップ

あれから
走り続けている
ノンストップ

応援してくれる人がいる
飲み物を差し入れてくれる人がいる

日によって
スピードは違うけれど
ノンストップ

この先の
アップダウンはきついだろう

けれど
ノンストップ

回り道をしたけれど
ようやく見つけたこの道を
走り続ける

ふりしきる

雪
ふりしきる
積もり積もって
何かを潰そうとしているわけじゃない
何かを壊そうとしているわけじゃない
誰をも責めてはいない

雪
ふりしきる
ただ
ふりしきる

雪

雪だから

ワンダフル

春には春の花が咲く
ワンダフル
足元に草花は芽吹き
木々の蕾はふくらんで
確かな始まりを告げる
ワンダフル

生き物は目を覚ます
新しい世界だ
ワンダフル
風の臭いを嗅ぎ分けて

命を継《つな》ぐ食べ物を見つける
ワンダフル

巡るとは
なんと
なんと
ワンダフル

ふたたびの

何を信じていたのかと
後悔しても始まらない

さまざまな思いが脳裏をよぎる

間に合うのかと尋ねる前に
それしかないと聴こえてくる

ふたたびの
私を生きていく

ギフト

ふたを開けたら飛び出す
びっくり箱もいいけれど
中に
小さな箱を見つけて
何かしらと
リボンヲホドクトキメキの
年の始めであればいいと願うのです

きょうは

朝がきて
夜がきて
また陽が昇る
そんな人生の繰り返しが
きょうは　いとしい

キミニアイタイワタシ

父は自転車の後ろの
支え手を離した
　一人で乗れたよね
そのシュンカンの
あの日の
キミニアイタイ

毎日逆上がりの練習をした
　もう一回
　もう一回
遂にできた

そのシュンカンの
あの日の
キミニアイタイ

振り返れば
ささやかな日常に
そんなシュンカンは
いくつもあった
キミという名のワタシ

時折
あの日とあの日と・・・あの日の
そんなシュンカンの
キミニアイタイ

晴れのち雨
傘あり傘なし日によって
追い風　横風　向かい風
体の向きを変えてみる
上り下りの坂道に
到着時刻が遅れても
辿り着けば笑顔になる
そんなシュンカンの
これからのキミニ
これまでよりも　もっと

これからのキミニ
キミニアイタイワタシ

なみだ

てのひらに
たまる
なみだに
くしゃくしゃのわたしの顔と
あなたの笑った顔が
みえる

辛いとか
痛いとか
怖いとか
最期まで口にしなかった

あなたの決意が
残されたベッドの
白いシーツの上で
光っている
それを痛々しいと呼んだら
なんにもわかっちゃいないと
あなたはがっかりするだろう

ふえていく
なみだに
だから
ありがとうと
息を吹きかけたら
あなたの顔も

くしゃくしゃになった

途端に
胸が張り裂けそうになって
わたしは言う

これから笑うから
あなたのように笑うから
わたし　生きていく

著者プロフィール

睦月 祥（むつき しょう）

山形県在住。

カタカナノキモチ　ひらがなのこころ

2015年 1 月15日　初版第 1 刷発行

著　者　睦月 祥
発行者　瓜谷 綱延
発行所　株式会社文芸社
〒160-0022　東京都新宿区新宿1－10－1
電話　03-5369-3060（編集）
03-5369-2299（販売）

印刷所　株式会社平河工業社

ISBN978-4-286-15948-5